LA BAILARINA

PEQUEÑOS PLACERES

«El arte de escribir consiste

en decir mucho en pocas palabras.»

Antón Chéjov

PEQUEÑOS PLACERES
de Ediciones Invisibles

DIRECTORA DE LA COLECCIÓN
Blanca Pujals

CONSEJO EDITORIAL
Isabel Monsó
Àlex Susanna
Enric Viladot

Ōgai Mori

LA BAILARINA

Traducción del japonés de Marta Morros Serret

EDICIONES INVISIBLES

Primera edición: marzo de 2025
Título original: *Maihime* (舞姫)
© de la traducción: Marta Morros Serret, 2025
© de esta edición: 2025, Ediciones Invisibles
Tel.: 93 453 55 00
invisibles@edicionesinvisibles.com
www.edicionesinvisibles.com
ISBN: 978-84-125794-8-2
Depósito legal: B 23247-2024
Coordinación editorial: Marta Bes Oliva (Ediciones Invisibles)
Diseño: Andy Noguerón
Fotocomposición: Alfa
Impresión y encuadernación: Romanyà Valls

Han terminado pronto de estibar el carbón. Las mesas del comedor se han quedado en total silencio, e incluso la intensa luz de la lámpara parece desvanecerse. Esta noche, los compañeros con los que acostumbro a reunirme aquí para jugar a las cartas se alojan en un hotel, y yo soy el único que se ha quedado a bordo del barco.

Han transcurrido cinco años desde que recibí las tan ansiadas órdenes de viajar a Occidente y que atracamos aquí mismo, en Saigón. De todo lo que veía, de todo lo que sentía, no había nada que no me maravillara, y me dejaba llevar por la pluma con la que todos los días escribía miles de palabras en el diario de viaje que en aquel entonces publicaba en un periódico y que tuvo muy buena acogida entre los lectores; pero aquellas palabras ahora me parecen inmaduras y me pregunto qué pensarían en esa época las personas cultas acerca de tan fútiles divagaciones en torno a cuestiones anodinas sobre la fauna, la flora, la geología y ciertas costumbres, como si de algo original se tratara.

Ahora, de regreso a casa, las libretas que he comprado con intención de escribir mis diarios permanecen con las hojas en blanco. ¿Acaso a lo largo de mis estudios en Alemania habré adquirido una actitud de *nihil admirari*? No, no es eso, hay otra razón.

De hecho, el yo que regresa a Oriente no es el mismo de antaño que partió hacia Occidente. No solo estoy muy insatisfecho por lo que se refiere a mi carrera académica, sino también deprimido por haber aprendido cuán errante es la vida, dado que me he dado cuenta de que no solo los deseos de los corazones ajenos son contradictorios, sino que mi propio corazón también cambia de parecer con facilidad. ¿A quién podría mostrar unos escritos que plasman unos sentimientos que ayer, por unos instantes, consideraba aceptables y hoy no? Quizá sea este el motivo que me impide escribir en los diarios. Pero no, no es eso, hay otra razón.

¡Ay! Ya han transcurrido más de veinte días desde que zarpamos del puerto de Bríndisi. Para sobrellevar mejor la melancolía del viaje durante la travesía, lo normal es establecer contacto con los demás pasajeros, pero yo me he encerrado en mi cabina con la excusa de que no me encuentro bien. Casi no hablo con ningún otro viajero; nadie conoce el arrepentimiento que me atormenta.

Al principio, este arrepentimiento era como una nube fina que me velaba ligeramente el corazón y me impedía ver el paisaje montañoso de Suiza o enturbiaba mi interés por los restos arqueológicos de Italia; pero, con el transcurso del tiempo, llegué a menospreciar el mundo y a mí mismo, hasta que la agonía que pesaba sobre mis espaldas a menudo me revolvía el estómago; y hoy día el remordimiento se me ha enquistado en el fondo del alma y se ha convertido en una pequeña sombra, y todo lo que leo y veo me hace rememorar aquellos sentimientos que albergué, cual imagen reflejada en un espejo o eco de una voz, y mi corazón sufre sin cesar. ¡Ay! ¿Cómo podría conseguir disipar esta congoja? Si fuera una aflicción de otra naturaleza compondría unos versos o un poema para aligerar mis sentimientos. Sin embargo, muy al contrario, creo que este arrepentimiento está ahondándose cada vez más en mi corazón. De modo que, aprovechando que esta noche no hay nadie y que todavía queda un buen rato hasta que el grumete apague las luces, intentaré escribir mi historia a grandes rasgos.

Dado que de niño recibí una educación estricta en casa, a pesar de que mi padre falleciera joven, yo siempre atendí los estudios: los de la escuela del pueblo y, después, cuando me trasladé a Tokio a prepararme para la universidad y cuando entré en la facultad de Derecho. Mi nombre, Ōta Toyotarō, siempre se encontraba en las primeras posiciones de las listas de calificaciones, para la tranquilidad de mi madre, que había encontrado en mí, su único hijo, la alegría de vivir. A los diecinueve años me convertí en el licenciado con más matrículas de honor de la historia de la universidad y empecé a trabajar para el gobierno. Hice trasladar a mi madre del pueblo a la capital, donde pasamos tres años la mar de buenos. Mi superior me tenía en alta consideración y me dio órdenes de viajar a Europa para llevar a cabo una investigación de índole gubernamental. Como aquello me favorecía tanto a mí como al interés de mi familia, consideré que era el momento de hacerlo, y la separación de mi madre, que ya pasaba de los cincuenta, no se me antojó tan dolorosa; de modo que partí rumbo a la lejana ciudad de Berlín.

Con la vaga esperanza de lograr grandes hazañas y decidido a estudiar con la disciplina que me caracterizaba, me encontré de súbito en el centro de una gran ciudad europea y moderna. ¡Qué esplendor! Mis ojos no daban abasto. ¡Cuántos colores! Estaba deslumbrado. La traducción literal del nombre de la calle Unter den Linden, «Bajo los tilos», evoca un lugar remoto y tranquilo, pero aquella avenida principal de aceras adoquinadas, tan recta que parece haber sido diseñada con un tiralíneas, bullía de transeúntes. En aquel entonces Guillermo I todavía se acodaba en la ventana para contemplar la ciudad, y daba gusto ver pasear por ella a los corpulentos oficiales henchidos de orgullo, tan pimpantes con su colorido uniforme de gala, y a las elegantes muchachas con aires parisinos. Los carruajes rodaban sobre el asfalto de la calle sin hacer ruido. En una ranura del nítido cielo entre los edificios que se erguían hasta las nubes, se percibía el borboteo del agua de una fuente, mientras que, en la distancia, entre las verdes ramas de los árboles sobresalía la Puerta de Brandemburgo y la estatua de la diosa de la columna de la Victoria flotaba en medio del cielo. Había tantos deleites para la vista que era realmente imposible apreciarlo todo al verlo por primera vez. Sin embargo, me había propuesto a mí mismo que, por muy bello que fuese el lugar, no me dejaría llevar por la belleza efímera y me abstendría de todo lo material que se me presentara.

Cuando hice sonar la campanilla para presentarme ante los oficiales prusianos con las debidas acreditaciones diplomáticas y les expliqué la misión que me habían encargado en Japón, todo el mundo me recibió de buen grado y se comprometieron a ayudarme en todo lo que fuera necesario una vez que se hubiesen formalizado los papeles del consulado. Por fortuna, en casa había estudiado alemán y francés y, al oírme hablar por primera vez, se deshicieron en elogios y me preguntaron dónde había aprendido su idioma con tanta maestría.

A continuación, habiendo obtenido de antemano el permiso oficial, me inscribí en la universidad de Berlín para estudiar ciencias políticas siempre que el trabajo me lo permitiera.

Transcurridos dos o tres meses, dado que había cumplido con la burocracia y la investigación progresaba a buen ritmo, empecé a elaborar un informe sobre los asuntos más urgentes y lo mandé, y anoté otras cuestiones menos apremiantes en varios cuadernos. En cuanto a la universidad, al contrario de lo que ingenuamente me había imaginado, no existían unos estudios específicos para convertirse en político, así que dudé sobre qué hacer, pero al final me decidí a matricularme en dos o tres asignaturas de Derecho y asistir a las clases.

De este modo transcurrieron tres años de ensueño, pero en la vida llega un momento en que uno no puede continuar escondiendo su verdadera naturaleza. Había respetado los últimos deseos de mi padre y seguido las enseñanzas de mi madre hasta el punto de que, envalentonado por los elogios de que era un niño prodigio, me centré en los estudios y me dejé la piel trabajando para la Administración, complacido al saber que mis superiores estaban encantados conmigo. Así, me convertí en un hombre pasivo, en un autómata desconectado de mi propia naturaleza, pero, en ese momento, a mis veinticinco años, quizá porque ya llevaba un tiempo inmerso en los aires liberales de esa universidad, mi espíritu no conseguía estar en calma y, poco a poco, mi verdadero yo latente fue brotando desde el fondo de mi corazón, en forma de amenaza al yo que hasta entonces pensaba que era. Entonces, comprendí que lo mío no era la política ni ser un magistrado que se sabe las leyes de memoria y dicta sentencias.

En el fondo pensaba que, por un lado, mi madre me había convertido en una enciclopedia viviente y mis superiores, por otro, en la encarnación de la ley. Ser una enciclopedia todavía podía soportarlo, pero concebirme como la encarnación de la ley se me antojaba absurdo. Hasta entonces había respondido a mis jefes con sumo esmero incluso ante las cuestiones más nimias, pero a partir de ahí empecé a redactarles informes en que argumentaba que no debían preocuparse por detalles jurídicos anodinos y sostenía, decidido, que, una vez adquirido el espíritu de la ley, todo se arreglaría por sí solo. Del mismo modo, por lo que al mundo académico se refiere, descuidé las clases de Derecho y, dado mi creciente interés por la historia y la literatura, me dediqué a disfrutarlas de lleno por fin.

Desde el principio, mis superiores habían querido convertirme en una máquina que trabajara a su antojo. ¿Cómo iban a estar contentos con una persona que tenía unas ideas y opiniones tan independientes y peculiares? Sin duda, mi puesto de trabajo corría peligro. No obstante, aquel no era un motivo suficiente para arrebatármelo, de no ser porque, en mi entorno, había un grupo influyente de estudiantes japoneses que estudiaban en Berlín con el que yo no mantenía una buena relación, puesto que estaban recelosos de mí e incluso, en un momento dado, llegaron a calumniarme. Aunque tampoco podría asegurar que sus alegatos no fueran del todo infundados.

Dado que no bebía cerveza ni jugaba al billar con ellos, me consideraban una persona de ideas fijas con fuerza para refrenar mis deseos, de modo que unos se reían de mí y otros me envidiaban. Realmente no me conocían en absoluto. Si ni siquiera yo era capaz de descifrar los motivos de mi comportamiento, ¿cómo iban a poder hacerlo los demás? Mi corazón se comportaba como el follaje del árbol de la seda: si algo lo tocaba, se encogía para protegerse. Me sentía como una frágil doncella. Ya desde niño había seguido lo que me habían dictado los mayores y había sacado adelante tanto los estudios como una carrera profesional en la Administración, pero todo ello no había sido gracias a mi valentía, sino que, a mi modo de ver, la perseverancia y la capacidad para los estudios que me caracterizaban guardaban más bien relación con la creación de un falso yo que llegó a engañar a todo el mundo y que únicamente seguía, con total dedicación, un camino marcado por los demás. Es más, en el fondo, si rehuía los asuntos externos o mostraba desinterés no era por ser valiente, sino por haberme atado a mí mismo de manos y pies precisamente por cobardía. Antes de dejar atrás mi país natal, yo estaba convencido de que era una persona muy capaz, y también creía fervientemente en la gran perseverancia de mi espíritu. ¡Ay! ¡Qué fugaz fue aquel sentimiento! Hasta zarpar de Yokohama yo me consideraba a mí mismo un héroe fuera de serie, pero, nada más perder de vista el puerto, muy a mi pesar, unas lágrimas descontroladas empaparon mi pañuelo y supongo que fue entonces cuando afloró mi verdadera naturaleza. ¿Acaso dicha naturaleza era innata en mí o había surgido a consecuencia del prematuro fallecimiento de mi padre?

No es de extrañar que aquellos estudiantes se rieran de mí, pero me parece absurdo que me envidiaran. ¡Qué débil y patético era!

Cuando observaba a las mujeres maquilladas con polvos blancos y pintalabios carmín, vestidas con colores llamativos junto a sus clientes en las cafeterías, no reunía el valor para seguir el impulso de acercarme a ellas. Del mismo modo que, cuando observaba a los *Lebermänner* con sombreros de copa, quevedos y esa voz nasal tan típica de la aristocracia prusiana, tampoco tenía el valor de acercarme a ellos para hablarles. La falta de este tipo de confianza imposibilita forjar relaciones de amistad con tus conciudadanos. Debido a mi carácter distante, esas personas se mofaban de mí, y no solo me detestaban, sino que también incitaban sospechas en mi contra y llegaron a cargarme con falsas acusaciones, lo cual durante cierto tiempo me causó un sufrimiento inconmensurable.

Un atardecer, tras un paseo por el Tiergarten, decidí pasar por la avenida Unter den Linden para regresar a mi residencia en la Monbijoustrasse y llegué ante la antigua iglesia de la Klosterstrasse. Cuántas veces debí de haber cruzado aquel mar de luces y pasado por aquel penumbroso callejón de edificios repletos de ropa interior y sábanas puestas a secar en los tendederos esperando a que las recogieran, y junto a aquel abuelo judío de largos bigotes clavado delante de la puerta del restaurante. Me quedaba allí plantado durante un rato, cautivado por aquel magnificente edificio histórico construido trescientos años atrás, en un rincón escondido delante de un inmueble con pisos de alquiler que tenía una escalera que conducía directamente a las estancias superiores y otra, al subterráneo en el que vivía un herrero.

Aquel día, al pasar por allí, inclinada delante de la puerta cerrada de la iglesia, vi a una muchacha sola que sollozaba con ahogo. Debía de tener unos dieciséis o diecisiete años. Bajo el pañuelo que le cubría la cabeza, le salía un mechón de cabello de color dorado pálido, y vestía una ropa inmaculada. Sorprendida por el sonido de mis pasos, la muchacha volvió el rostro. Tan solo la pluma de un poeta podría describirla. Tenía los ojos azules y luminosos, repletos de una punzante tristeza, escondidos bajo unas largas pestañas que, en cierta medida, le disimulaban las lágrimas. ¿Cómo es posible que una simple mirada se clavara con tanta intensidad en el fondo de mi tembloroso corazón?

Me quedé desconcertado por la profunda tristeza de aquella muchacha que lloraba en aquella calle solitaria. Movido por un sentimiento de compasión, dejé a un lado la cobardía y me acerqué a ella sin pensármelo.

—¿Por qué llora? No soy más que un desconocido, pero ¿podría ayudarla en algo? —le pregunté, maravillado por mi osadía.

Sorprendida, ella clavó la mirada en mi rostro cetrino, pero parecía contenta de que alguien le hubiese hablado con sinceridad.

—Parece usted buena persona. No como él, ¡ni como mamá!

Durante unos breves instantes la muchacha dejó de llorar, pero muy pronto las lágrimas volvieron a resbalarle por las preciosas mejillas.

—¡Ayúdeme! ¡Ayúdeme a no perder la dignidad! He desobedecido a mi madre y me he llevado una paliza. Mi padre ha fallecido. Debemos darle sepultura mañana, pero en casa no tenemos ni un céntimo.

Dicho esto, la muchacha irrumpió de nuevo en sollozos. Yo no podía dejar de mirar su nuca temblorosa.

—La acompañaré hasta casa, pero tiene que prometerme que se calmará. La gente podría oírla, aquí en medio de la calle.

Durante esa breve conversación, la muchacha se apoyó en mi hombro de un modo instintivo; y después alzó la cabeza de repente, como si se cerciorara de mi presencia por vez primera, y pegó un brinco alejándose de mí, avergonzada.

Seguí a la muchacha, que andaba con rapidez para evitar que la gente se fijara en ella, a través de un gran portal que había frente a la iglesia y por una escalera de piedra de peldaños desgastados. Ascendimos por allí hasta el cuarto piso, donde había una puerta tan baja que para cruzar el umbral había que agacharse. La muchacha tiró con fuerza del extremo enrollado de un alambre oxidado.

—¿Quién es? —preguntó la voz ronca de una mujer mayor desde dentro.

—Soy Elise. He vuelto.

Apenas la muchacha había terminado de responder, la puerta se abrió de par en par con brusquedad y tras ella apareció una anciana de cabellos blanquecinos cuyas facciones, a pesar de no mostrar el semblante de una mala persona, parecían marcadas por haber pasado penurias. Vestía ropa vieja de algodón y calzaba unas zapatillas sucias de estar por casa. Elise me hizo un gesto con la cabeza y entró, pero la señora, como si la hubiese estado esperando impaciente, me cerró la puerta en las narices con vehemencia.

Durante unos breves instantes me quedé allí plantado y estupefacto, y vi por casualidad que en aquella puerta iluminada con un candil había escrito el nombre de «Ernst Weigert» y, debajo, su profesión: «Sastre». Deduje que debía de tratarse del difunto padre de la muchacha. En el interior, se oían unas voces que parecían discutir, pero la calma regresó de nuevo y la puerta se volvió a abrir. La misma mujer mayor de antes se disculpó por haberse comportado con descortesía y me invitó a entrar.

En la entrada estaba la cocina y, a mano derecha, una ventana baja con unas cortinas de lino blanquísimas e impolutas. A mano izquierda había un horno hecho con ladrillos toscos. La puerta de la habitación de enfrente estaba entreabierta, y dentro se veía una cama cubierta con una sábana blanca. Allí debía de ser donde había yacido el difunto. Me condujeron por una puerta que había al lado del horno. Esta llevaba a una estancia llamada *mansarde* que daba a la calle y que, de hecho, ni siquiera tenía techo; las vigas bajaban en diagonal desde las esquinas de la buhardilla hasta la ventana, y las habían recubierto con papel. En un rincón donde tenías que agachar la cabeza para poder estar de pie, había una cama. En el centro de la habitación había una mesa con un precioso tapete de lana, sobre el que yacía una pila de libros, un álbum de fotografías y un jarrón de cerámica con un lujoso ramo de flores que no se adecuaba con el lugar. De pie junto a la mesa, la muchacha se mostraba avergonzada.

Su belleza era deslumbrante. El reflejo de la luz sonrojaba el color pálido de su rostro. Sus brazos y piernas, finos y elegantes, no parecían pertenecer a una familia pobre. Cuando la señora mayor salió de la estancia, la muchacha empezó a hablar con cierto deje dialectal.

—Disculpe que haya tenido la osadía de traerlo hasta aquí. ¡Parece usted tan buena persona! No lo he hecho con ninguna malicia. Mañana es el funeral de mi padre y pensaba que podía contar con Schaumberg. No lo conocerá, ¿verdad? Regenta el teatro Victoria. Como ya hace dos años que trabajo para él, pensaba que nos ayudaría sin que eso le supusiera ningún inconveniente, pero se ha querido aprovechar de nuestra desgracia y nos exige que, a cambio, yo ceda a sus instancias. Ayúdeme, por favor. Le iré devolviendo el dinero de lo poco que cobro, aunque tenga que pasar hambre. De lo contrario, tendré que obedecer a mi madre...

La muchacha volvió a deshacerse en un mar de lágrimas y empezó a temblar. En sus ojos había algo irresistible a lo que era difícil oponerse. ¿Acaso era consciente de la fuerza que albergaba su mirada, o era yo el único que la percibía?

En los bolsillos llevaba algunos marcos de plata, pero con aquello no habría suficiente, de modo que me quité el reloj de pulsera y lo puse sobre la mesa.

—Esto le servirá para salir del paso. Dígale al señor de la casa de préstamos que, si se acerca al número tres de la Monbijoustrasse y pregunta por el señor Ōta, le pagaré por su valor.

La muchacha se mostró sorprendida y emocionada, y se llevó a los labios la mano que le había extendido para despedirme de ella, bañándola con las lágrimas de su llanto desesperado.

¡Ay! ¡Qué infortunio! Pasó por mi casa a darme las gracias y, allí, en el rincón junto a la ventana donde yo acostumbraba a pasarme el día sumergido en las lecturas de autores como Schopenhauer y Schiller, se me antojó tan bella como una flor. Aquel día marcó el inicio de una relación con encuentros cada vez más frecuentes y, cuando llegó a oídos de mis compatriotas, ellos supusieron al instante que yo era de los que se libraban a los placeres de las bailarinas, pero entre nosotros dos todavía no había nada más que un simple e inocente flirteo.

Me abstendré de revelar su nombre, pero, en el grupo de mis compatriotas, había un fisgón que le comentó a mi jefe que yo frecuentaba el teatro y que me veía con una actriz. Además de eso, mi superior desaprobaba el cambio radical de rumbo que había dado en los estudios y, en consecuencia, comunicó a la delegación que a partir de ese momento me destituían de mi cargo público y me liberaban de mis obligaciones. El diplomático responsable me comunicó su decisión y me hizo saber que, si volvía a Japón de inmediato, se harían cargo de los gastos del viaje, pero, en el caso de que prolongara mi estancia, no podría contar con ayuda oficial. Solicité una semana de gracia y, mientras me debatía entre tirar por un camino u otro, me llegaron dos cartas que me causaron la tristeza más profunda de toda mi vida. Las habían mandado prácticamente a la vez; una era de puño y letra de mi madre, y la otra, de un pariente que me informaba de que ella había fallecido. Me veo incapaz de reproducir aquí el contenido de la carta de mi madre porque las lágrimas que me anegan los ojos impiden que mi pluma avance.

La relación que había tenido con Elise hasta entonces había sido mucho más inocente de lo que parecía a ojos ajenos. Dados los escasos recursos de su padre, la educación que había recibido era mínima; por eso, a los quince años se presentó a una convocatoria de un profesor de danza y de este modo se introdujo en ese mundo de dudosa reputación y, al terminar los cursos de formación, debutó en el teatro Victoria, donde ejercía como segunda bailarina de la compañía cuando yo la conocí. Tal como decía el poeta Hackländer, las bailarinas son las esclavas de la sociedad actual y su futuro está atado a su suerte. Encadenadas a unos sueldos ridículos, ensayan durante el día y por la noche bailan sin descanso en el escenario; cuando entran en los camerinos del teatro, se ponen colorete rojo y unos vestidos preciosos, pero, cuando salen, no tienen para comer ni para vestirse. ¡Cuánto deben de sufrir las que tienen que mantener a sus padres o hermanos! No es de extrañar en absoluto que muchas de ellas al final vayan por el mal camino. Elise se escapó de un aciago destino gracias a su carácter prudente y a la protección de un padre de moral estricta. Desde muy niña ya había mostrado interés por la lectura, pero a sus manos tan solo habían llegado algunas novelitas malas de las bibliotecas ambulantes, las llamadas *colportage*, pero, desde que nos conocimos, yo la fui instruyendo prestándole libros y, poco a poco, llegó incluso a desarrollar cierto gusto literario, perdió el acento y, en un plazo corto de tiempo, empezó a cometer menos errores ortográficos en los escritos que me dirigía. Así, al principio, entre nosotros nació una relación como de profesor y alumna. Cuando supo de mi súbita destitución, a Elise le palideció el rostro. A pesar de que le había escondido que el hecho guardaba relación con ella, me pidió que lo mantuviera en secreto ante su madre. Elise sufría por si, al conocer que yo había perdido los fondos para mis estudios, no fuera a querer saber nada más de mí.

¡Ay! No es necesario entrar aquí en detalles, pero de repente mis sentimientos por ella se tornaron más fuertes y, al final, el hecho de pensar que nos teníamos que separar me resultaba muy difícil. Me encontraba ante un momento crucial, el más crítico de mi vida, y, aun así, había gente que pensaba que mi comportamiento era deplorable e incluso me criticaban por ello, pero mi amor por Elise, desde que había empezado a albergarlo, no era superficial en absoluto. Su compasión por mi mala suerte, como también la pena y la aflicción que le inundaron el rostro ante la idea de nuestra separación, junto con su cabellera suelta, su belleza y su encantadora figura, provocaron que un insólito sentimiento de tristeza extrema se me clavara en el cerebro y que, inexorablemente, Elise me robara el corazón.

Se acercaba el día acordado con el responsable de la delegación, el destino me presionaba. Si regresaba a Japón de aquel modo, sin haber terminado los estudios, para mí sería una deshonra que arrastraría a mis espaldas sin la posibilidad de mejorar mi suerte; mientras que, si hacía lo contrario, no podría costearme la universidad.

La persona que me ayudó entonces fue la misma que me acompaña ahora en este viaje, Aizawa Kenkichi. Él vivía en Tokio y trabajaba como secretario particular del ministro Amakata. Había leído el escrito sobre mi destitución en el Boletín

Oficial y convenció al editor jefe de un periódico para que me diera trabajo de corresponsal e informara sobre cuestiones políticas, de arte y de ciencia en Berlín.

El salario del periódico no era muy alto, pero si cambiaba de piso y de restaurantes a la hora de comer podría arreglármelas llevando una vida más austera. Mientras pasaba ese mal trago, Elise me reveló sus verdaderos sentimientos y me ofreció su ayuda. De algún modo, convenció a su madre para que me trasladara a vivir con ellas y, sin darnos cuenta, salimos adelante juntando nuestros escasos recursos; a pesar de las dificultades, fuimos felices.

Por las mañanas, después de desayunar, ella se iba a ensayar o, los días en que no tenía ensayo, se quedaba en casa mientras yo estaba en un local de la Königstrasse que tenía una entrada estrecha, pero que detrás disponía de una sala de lectura larga y profunda donde leía todo tipo de periódicos, tomaba notas a lápiz y recogía información sobre distintos temas. La sala, iluminada por la luz natural que entraba por una ventana, la frecuentaban muchachos jóvenes sin oficio ni beneficio, personas mayores que malgastaban el escaso dinero que tenían con tal de pasar un buen rato y comerciantes que robaban un rato libre de sus ocupaciones y acudían allí para descansar las piernas. ¿Qué debían de pensar todos aquellos desconocidos acerca de aquel japonés que, sobre la fría piedra de la mesa, se afanaba en dejar correr la pluma, sin prestar atención a si el café que le había servido la camarera se enfriaba, y que se levantaba todas las veces necesarias para acercarse a la pared donde colgaban todos aquellos periódicos, sujetos con unas piezas de madera largas y finas?

Después, hacia la una, los días en que Elise tenía ensayo, pasaba a buscarme por allí de regreso a casa y, juntos, salíamos del establecimiento mientras, sin lugar a dudas, el resto se quedaba maravillado de ver a una muchacha tan insólitamente grácil que podría bailar sin dificultad en la palma de una mano.

Desatendí los estudios. Al volver a casa después de los ensayos, Elise se sentaba en la silla de la mesa para coser o hacer otras tareas bajo el mortecino resplandor de la luz de la buhardilla mientras yo escribía los artículos para el periódico. Los informes que había redactado en el pasado, a partir del pampanaje de leyes y ordenanzas, eran muy distintos a aquellos artículos sobre la situación política o las críticas que generaban las nuevas corrientes literarias y artísticas que escribía en aquel entonces. Reunía opiniones sobre distintas cuestiones y ponía todo mi empeño en redactar piezas variadas, más próximas a las ideas de Heine que a las de Börne; se trataba de artículos con todo tipo de detalles sobre las muertes sucesivas de Guillermo I y Federico III, como también sobre la coronación del nuevo rey y el curso de las acciones del príncipe Bismarck. Dado que a partir de entonces estuve más atareado de lo que inicialmente pensé, me resultaba difícil leer los pocos libros que tenía sobre mi antigua especialidad académica y, a pesar de que todavía no me había dado de baja de la universidad, me costaba pagar las tasas de la matrícula y asistía a las clases en contadas ocasiones.

Desatendí mis estudios. Sin embargo, cultivé mi conocimiento en muchas otras cuestiones. Eso fue posible gracias a que Alemania era el país europeo en el que circulaba más información entre el pueblo. Entre los distintos temas que se trataban en periódicos y revistas, había muchos de un nivel extremadamente alto, y yo, desde que era corresponsal, gracias al ojo crítico adquirido durante la época universitaria a base de leer y releer, copiar y recopiar, consolidé esos conocimientos de modo natural hasta un punto que la mayoría de los japoneses que estudiaban en Berlín no se imaginarían ni en sueños, dado que mis colegas ni siquiera eran capaces de leer bien el editorial de los periódicos alemanes.

Entonces llegó el invierno del año veintiuno de la era Meiji.[1] A pesar de que habían esparcido arena sobre la superficie de las calles de la ciudad con palas, la Klosterstrasse, que no tenía muchos resaltos ni hoyos y no parecía que presentara dificultades, estaba toda helada. De buena mañana, al abrir la puerta, daba lástima ver tendidos en el suelo los gorriones muertos de frío y de hambre.

Aunque calentábamos la habitación con el fuego del horno de la cocina, ese frío proveniente del norte de Europa que atravesaba las paredes de piedra y penetraba entre la ropa de algodón era totalmente insufrible. Dos o tres noches antes, Elise se había mareado en el escenario y la habían tenido que ayudar; después consiguió regresar a casa sola, pero a partir de ese día no se encontró bien y se quedó descansando, porque se mareaba después de las comidas. Dadas las circunstancias, su madre fue la primera en decir que quizá estuviera encinta. ¡Ay! Si mi futuro ya era incierto tal y

---

1. Corresponde a 1888. *(N. de la t.)*

como estaban las cosas, ¿qué haría si aquello se confirmaba?

Una mañana de domingo, yo me quedé en casa todo angustiado. Elise se encontraba lo suficientemente bien como para no yacer en la cama y permanecía sentada en una silla cerca de la chimenea sin decir mucho. En ese preciso instante oímos una voz procedente de la puerta y, en un abrir y cerrar de ojos, la madre de Elise, que estaba en la cocina, apareció con una carta en la mano y me hizo entrega de ella. Reconocí la letra de Aizawa al primer vistazo, aunque el sello era de Prusia y la carta estaba timbrada en Berlín. Intrigado, la abrí para leerla:

Como todo ha sido improvisado, no he podido informarte antes, pero anoche llegué aquí como escolta del ministro Amakata. El ministro ha dicho que quiere verte, así que ven a toda prisa. Se te brinda la oportunidad de recuperar tu prestigio. Disculpa que vaya al grano, pero es que se me acumulan los quehaceres.

Elise vio que me había quedado estupefacto después de leer la carta.

—¿Es de Japón? ¡Dime que no trae malas noticias! —exclamó.

Quizá creyó que la carta guardaba relación con el sueldo que recibía del periódico.

—No, no te preocupes. Es de parte de Aizawa, de quien ya has oído hablar. Ha venido a Berlín a acompañar al ministro y me piden que acuda a verlos. Dice que es urgente, así que será mejor que me apresure.

Elise se entregó a mí como una madre que despide a un hijo que debe marcharse muy lejos. Supongo que, ante la perspectiva de mi encuentro con un ministro, hizo de tripas corazón para sobrellevar su malestar y me escogió una camisa de un blanco inmaculado, sacó mi levita con dos hileras de botones —allí llamada *Gehrock*—, que con tanto cuidado había guardado, me ayudó a ponérmela e incluso me anudó la corbata.

—Vestido así nadie puede decir que vas andrajoso. Mírate al espejo. ¿Por qué pones esa cara de mal humor? ¿Quieres que te acompañe?

Me recolocó un poco la ropa.

—Cuando te veo vestido así, no reconozco a mi querido Toyotarō. —A continuación, se detuvo un momento a pensar—. Aunque un día goces de riqueza y prestigio, no me abandonarás, ¿no? Incluso si mi malestar no se debe a lo que dice mi madre...

—Pero ¿qué dices de riqueza y prestigio? —le dije riéndome de ello—. ¡Será que no hace años que renuncié al deseo de tener una carrera política! Ni siquiera me apetece encontrarme con el ministro. Solo voy a encontrarme con un viejo amigo al que hace muchos años que no veo.

El *Droschke* de primera clase que había pedido la madre de Elise se detuvo bajo la ventana, haciendo crujir el suelo nevado bajo las ruedas. Me puse los guantes y el abrigo, que estaba un poco andrajoso, sobre los hombros; después, así el sombrero, besé a Elise y salí de casa. Ella abrió la ventana escarchada y, con el cabello alborotado por una ráfaga de viento del norte, observó cómo subía al carruaje.

El carruaje me dejó en la puerta del hotel Kaiserhof. Pregunté al conserje cuál era el número de la habitación del secretario Aizawa, enfilé arriba por aquellas escaleras de mármol que hacía mucho tiempo que no subía y entré en la antecámara, donde había un sofá cubierto con una tela de terciopelo al lado de una columna central y un espejo colgado en la pared de la fachada. Allí, me quité el abrigo, atravesé el pasillo hasta llegar delante de la puerta de la habitación y, por unos instantes, dudé. Cuando estudiábamos juntos en la universidad, Aizawa veneraba mucho la rectitud de mi conducta, pero, en ese momento, no tuve claro con qué semblante me recibiría. Al entrar en la estancia, nos encontramos cara a cara. Había ganado peso y robustez respecto al pasado, pero su disposición alegre seguía siendo la de siempre y parecía que no se había tomado muy a pecho mis errores. No dispusimos de mucho tiempo para entrar en detalles sobre todo lo que había acontecido desde que nos habíamos visto por última vez, porque el ministro me hizo llamar para pedirme, con urgencia, la traducción al alemán de una serie de documentos. Una vez que me fueron entregados dichos documentos y hube salido de la habitación, Aizawa vino detrás de mí para proponerme que comiéramos juntos.

A lo largo del almuerzo, él me hizo un sinfín de preguntas, a las que yo le di un sinfín de respuestas. Si bien en general su vida había ido como una balsa de aceite, en la mía había habido más dificultades y desdichas.

Él escuchaba la historia de las desgracias profesionales que yo le relataba con el corazón en la mano y, a pesar de que hubo algunas cuestiones que le sorprendieron, no me reprochó nada mientras yo hablaba, sino que, al contrario, criticó la mediocridad de mis superiores. Sin embargo, cuando terminé de hablar, cambió la expresión de su semblante y me reprendió diciendo que, como esa serie de circunstancias tenían su origen en la debilidad natural de mi carácter, hablar de ello a estas alturas no servía de nada, pero que, con los estudios y el talento que tenía, debía plantearme hasta cuándo pensaba estar con esa muchacha llevando una vida sin objetivos. Me comentó que, por el momento, el ministro Amakata solo tenía intención de requerir mis servicios con el alemán. Como el ministro conocía los detalles de mi destitución, Aizawa no quería insistirle para que arrinconara los prejuicios que guardaba respecto a mí. Si el ministro supiese que intentaba manipularlo para protegerme, aquello no beneficiaría a mi amigo, y también sería contraproducente para mí. Él era de la opinión de que lo mejor sería que le demostrara mis aptitudes y tratara de ganarme su confianza. Así mismo, por lo que se refería a la relación con Elise, aunque sus sentimientos hacia mí fueran sinceros y en la intimidad hubiese intensidad, según él, aquello no era un amor verdadero, sino una relación de lo más convencional, fruto de la inercia. Tenía que tomar una decisión y dejarla. Eso fue lo que vino a decirme.

Al plantearme las perspectivas de futuro que me expuso Aizawa, me sentí cual marinero que pierde el timón en el inmenso océano, pero que divisa una montaña en la lejanía. Aun así, en esa montaña había una densa niebla y yo no albergaba ninguna certeza de conseguir llegar hasta ella e, incluso si lo conseguía, tampoco sabía si aquello me llenaría realmente de satisfacción. A pesar de ser pobre, gozaba de la vida que tenía y me resultaba difícil tirar por la borda el amor de Elise. Mi débil corazón era incapaz de tomar una decisión pero, en ese momento, con la voluntad de tener en cuenta las palabras de mi amigo, le prometí que rompería la relación. Con tal de no perder lo que tengo, puedo oponer resistencia a mis enemigos, pero siempre me ha costado decir que no a un amigo.

Al separarnos, el aire me golpeó el rostro. Cuando salí del restaurante del hotel —que tenía las ventanas de doble cristal bien cerradas y una gran chimenea de cerámica con el fuego encendido—, el fino abrigo no aguantó el extraordinario frío de las cuatro de la tarde y se me erizó la piel, a la vez que una suerte de helor me invadía el alma.

Tuve la traducción lista en una sola noche. A partir de ese momento, como cada vez frecuentaba con más asiduidad el hotel Kaiserhof, al principio el ministro se limitó a encargarme tareas relacionadas con el idioma, pero, al cabo de un tiempo, me empezó a pedir la opinión sobre algunas cuestiones que habían sucedido recientemente en Japón y, cuando se terciaba, me explicaba las equivocaciones que cometían las personas en el extranjero, burlándose de ellas.

No había transcurrido más de un mes cuando, cierto día, el ministro se me acercó de súbito para hacerme una propuesta.

—Mañana por la mañana me voy a Rusia. ¿Vendrías conmigo?

Dado que hacía unos cuantos días que no veía a Aizawa porque estaba atareado con unos asuntos oficiales, esa propuesta repentina me agarró por sorpresa.

—¿Cómo podría rechazar su oferta? —le respondí, turbado.

Mi respuesta no fue fruto de una decisión rápida. En ciertas ocasiones, cuando alguien que me inspira confianza me pide un favor de un modo inesperado, acepto enseguida, sin pensar mucho en las consecuencias que pueda tener mi respuesta. Después, a pesar de que me dé cuenta de que se trata de algo difícil, suelo disimular todo lo que puedo y lo llevo adelante con perseverancia.

Aquel día me pagaron la remuneración de las traducciones y también los gastos del viaje. Regresé a casa y le di el dinero de las traducciones a Elise. Sin duda, con aquello tendrían para los gastos hasta que yo volviera de Rusia. Elise había ido al médico y este le había confirmado que estaba encinta. Seguramente no se habría dado cuenta de ello hasta transcurridos unos meses, porque estaba anémica. Recibió una notificación de parte del propietario de la compañía de teatro en que le comunicaba que la echaba del trabajo por ausentarse durante tanto tiempo. En realidad, solo se había ausentado un mes, de modo que seguramente debía de haber alguna otra razón para tal intransigencia. Me pareció que la perspectiva de mi viaje no la importunaba, porque confiaba en la bondad de mi corazón.

Como el viaje en tren no era muy largo, no tuve que hacer grandes preparativos. Dentro de una maleta pequeña puse un frac negro de alquiler que había encontrado de mi talla, la última publicación del *Almanaque de Gotha*, dedicado a la nobleza rusa, que acababa de comprar, y dos o tres diccionarios. Dado que en los últimos tiempos todo había sido una sarta de hechos desalentadores, temía que después de mi partida Elise se quedara muy afligida. Así mismo, el mero hecho de pensar que quizá irrumpiría en llanto en la estación de trenes me causaba ansiedad, de modo que arreglé las cosas para que, al día siguiente, Elise y su madre fueran a visitar a unos conocidos por la mañana temprano. Cogí lo que había preparado para el viaje, cerré la puerta, dejé las llaves al zapatero que vivía en la planta baja del edificio y me marché.

¿Qué podría explicar de mi viaje a Rusia? Al aterrizar entre la flor y nata de la alta sociedad, el trabajo de intérprete se apoderó de mí rápidamente. Cuando acompañé a la comitiva del ministro a San Petersburgo, me quedé asombrado por los ornamentos de los palacios rodeados de nieve y hielo, que me transportaron al lujo más refinado de París, especialmente por el centelleo de la infinidad de charreteras, los reflejos de los miles de velas amarillas decorativas y los frenéticos abanicos de las damas de la corte, que se olvidaban del frío gracias a la calidez de las chimeneas *Kamin*, decoradas con grabados e incrustaciones muy bien trabajadas. Dado que yo era el que se expresaba mejor en francés, muy a menudo me pedían que interpretara para los huéspedes.

Durante ese tiempo, no me olvidé de Elise. No lo hice en absoluto, puesto que, de hecho, ella me escribía cartas a diario. El día en que me marché, ante la triste perspectiva de encontrarse sola cara a cara con el mortecino resplandor de la luz, se quedó con aquellos conocidos hablando hasta que anocheció, para regresar a casa bien cansada y dormirse pronto. A la mañana siguiente, cuando abrió los ojos, se preguntó si acaso esa soledad a la que se había visto abocada no debía de ser un sueño. No obstante, al levantarse se apoderó de ella un desamparo mayor que el que sentía en la época en que malvivía sin saber si al final del día tendría para comer. Eso era lo que en líneas generales me dijo en su primera carta.

Después, transcurrido un tiempo, las cartas parecían escritas con un sentimiento de angustia, y todas empezaban con un «¡Ay!» desvalido.

¡Ay! Ahora he entendido realmente la profundidad de los sentimientos que albergo por ti. Como me dijiste que en tu tierra no tenías lazos familiares, si en Berlín encuentras un buen modo de ganarte la vida, no hay nada que te impida quedarte aquí, ¿verdad? ¡Te retendré con mi amor! Si no fuese posible y tuvieras que regresar a Oriente, yo podría ir con mi madre, pero no sé de dónde sacaríamos el dinero para los costosos gastos del viaje. Siempre he pensado que haré todo lo necesario y que te esperaré aquí hasta que llegue el día en que consigas una carrera prominente, pero, tras este corto viaje que iniciaste hace solo veinte días, me veo sumida en una nostalgia que cada día se torna más intensa. Fui una ilusa al creer que el sufrimiento de nuestra separación sería solo pasajero. Mi estado es cada vez más evidente, de modo que, pase lo que pase, ahora no puedes dejarme. Mamá y yo tenemos discusiones fuertes. Sin embargo, ella se ha dado cuenta de que tengo

las cosas más claras que en el pasado y ha aflo-
jado. Ahora dice que el día en que yo vaya a
Oriente ella se irá a vivir a una granja que unos
parientes lejanos tienen cerca de Stettin. Puesto
que, tal como me cuentas por carta, el ministro
te tiene en buena consideración profesional, se-
guramente me podrían pagar los gastos del via-
je, ¿no? Por ahora, lo único que hago es esperar
con toda mi alma el día en que regreses a Berlín.

¡Ay! Al leer aquella carta entendí por primera
vez con claridad en qué situación me encontraba.
Mi ofuscación me avergonzaba, aunque no puedo
dejar de reconocer que, por otro lado, mi gran
determinación también me enorgullecía, ya fuera
en relación con las cuestiones que me concernían
solo a mí o en relación con otras personas, aunque esta determinación me venía solo cuando las
circunstancias me eran favorables y no ante la ad-
versidad. En el momento en que intentaba escla-
recer mis relaciones personales con otras perso-

nas, el espejo interior en que creía confiar se empañaba.

El ministro ya me trataba con confianza. Sin embargo, yo, sumido en mi miopía, únicamente tenía en cuenta la plena dedicación al trabajo. Pongo a los dioses por testigos de que realmente ni siquiera se me había pasado por la cabeza que todo aquello guardaba relación con mis deseos de futuro. No obstante, en el momento en que me di cuenta de ello, me pregunté si mi corazón sería capaz de seguir mostrándose impasible. Cuando mi amigo me recomendó, pensé que nunca conseguiría ganarme la confianza del ministro, que era como intentar atrapar a un pájaro en un tejado; pero, en ese momento, parecía que me la había ganado en cierta medida, y Aizawa empezó a afirmar cosas como que cuando volviéramos a Japón seguiríamos trabajando juntos, aunque desconozco si aquello se lo había dicho el ministro o si venía de él; en cualquier caso, si hubiera sido oficial, me lo habrían comunicado con claridad, ¿no?

Y ahora, pensando en ello de nuevo, me pregunto si Aizawa le había llegado a transmitir al ministro el compromiso que tan a la ligera había adquirido con él sobre el hecho de romper mi relación con Elise.

¡Ay! Tras llegar a Alemania pensé que había descubierto cuál era mi verdadera naturaleza, me prometí a mí mismo que nadie volvería a usarme como si fuera un autómata, pero ahora me pregunto si no me dejé engatusar, cual pájaro al que liberan con las patas atadas y bate las alas por unos instantes. No había manera de librarme de la cuerda que me tenía atado de pies. En el pasado, estaba en manos del jefe de mi departamento, y después (¡qué deplorable!), la cuerda había pasado a estar en manos del ministro Amakata.

Regresé a Berlín con la comitiva del ministro justo la mañana de Año Nuevo. Nos separamos en la estación de trenes, donde paré un carruaje al que apremié para que me llevara a casa. Allí, como durante la noche de Fin de Año no se suele dormir y se descansa por la mañana, el silencio invadía todos los hogares. Hacía mucho frío y la nieve formaba esquirlas de hielo en las esquinas de las calles, que brillaban con intensidad por los reflejos de la luz de aquel día soleado. El carruaje torció por la Klosterstrasse y se detuvo en el portal de casa. Oí el ruido de una ventana que se abría, pero desde el carruaje no tenía buena visión. Le pedí al cochero que me llevara la maleta y, justo cuando me disponía a subir las escaleras, apareció Elise y las bajó a todo correr. El cochero, al ver que lanzaba un grito y se me tiraba al cuello para abrazarme, mostró estupefacción en el rostro y barboteó algo que no logré entender.

—¡Qué alegría que hayas vuelto! Si no lo hubieras hecho, ¡me habría muerto!

Hasta ese momento mi corazón todavía no tenía las cosas claras, se debatía entre los deseos de volver a mi país natal y mis sentimientos de amor, pero en ese preciso instante dejé aflorar la ansiedad que me provocaba tal indecisión y la abracé.

Ella dejó reposar la cabeza en mi hombro y, en silencio, derramó una lágrima de felicidad.

—¿En qué piso le dejo la maleta? —me preguntó el cochero con una voz grave que resonó como un gong, mientras ascendía las escaleras con precipitación.

Le hice entrega de unas monedas de plata a la madre de Elise, que había salido a la puerta para recibirme, y le pedí que se las diera al cochero; y, a continuación, entré en la habitación a toda prisa, con Elise tirándome de la mano. De primeras, me sorprendió ver unas piezas de algodón y unas blondas blancas apiladas sobre la mesa.

Elise las señaló sonriente.

—¡Mira! Lo he preparado con ilusión... —me dijo mientras asía una de las piezas de algodón para dármela; y entonces caí en la cuenta de que se trataba de un pañal—. ¡No te puedes ni imaginar la ilusión que me hace! Me pregunto si se parecerá a ti, si tendrá tus ojos negros. Tus ojos... ¡Ay! ¡Estos ojos negros con los que tanto he soñado! El día en que nazca cumplirás con tu deber de darle tu apellido y no permitirás que lleve otro, ¿verdad?

A continuación, agachó la cabeza.

—Tú te reirás porque te parecerá infantil, pero yo seré muy feliz el día en que entremos juntos en la iglesia —dijo, y a continuación alzó la mirada, que tenía anegada en lágrimas.

El siguiente par de días me abstuve de visitar al ministro porque consideré que debía de estar cansado del viaje y me recluí en casa, pero un atardecer llegó un mensajero con una invitación. Al ir a verlo, me recibió con especial calidez y, después de agradecerme mis esfuerzos durante el viaje a Rusia, me preguntó si querría regresar a Japón con él. Según dijo, no podía juzgar mi grado de conocimientos, pero consideraba que solo por los idiomas ya le sería útil para ir por el mundo. Dado que yo llevaba una temporada larga viviendo allí, se había imaginado que quizá hubiese establecido lazos, de modo que le había aliviado saber que ese no era el caso, según le había dicho Aizawa.

¿Podía rechazar aquella propuesta? «¡Ay!», exclamé para mis adentros. Pero tampoco podía contradecir las palabras de Aizawa. Si rechazaba aquella propuesta, perdería no solo la oportunidad de regresar a mi tierra, sino también la única vía existente de recuperar mi honor y, de repente, la idea de morir entre la marea humana de esa inmensa ciudad europea me provocó un pinchazo en el corazón.

—Será un placer —le respondí.

¡Qué vergüenza! ¿Qué le iba a decir a Elise cuando regresara a casa? Al salir del hotel, mi mente estaba sumida en una confusión indescriptible. Mientras deambulaba por las calles inmerso en mis pensamientos, los cocheros de carruajes me abroncaron en distintas ocasiones y yo me fui apartando a brincos, asustado. Al cabo de un rato, de repente me di cuenta de que había ido a parar al lado del Tiergarten. Como las piernas me flojea-

ban, me senté en un banco que había al margen
del camino, en el que permanecí un sinfín de ho-
ras, como si estuviera dispuesto a morir allí. La
cabeza me hervía como si se me fuera a chamus-
car y me retumbaba como si me la estuvieran
martilleando. Llegó un punto en el que pensé que
aquel intenso frío me estaba calando hasta los
huesos y abrí los ojos; se había hecho de noche y
nevaba con tanta fuerza que la nieve incluso se me
había acumulado tres centímetros sobre el ala del
sombrero, los hombros y el abrigo.

Debían de ser pasadas las once. Los raíles de los
tranvías arrastrados por caballos que pasaban por
Moabit y la Karlstrasse se habían quedado enterra-
dos entre la nieve, y la luz de gas junto a la Puerta
de Brandemburgo emitía una claridad desoladora.
Se me ocurrió levantarme, pero, como tenía las piernas congeladas, tuve que frotármelas con las manos
hasta que al fin conseguí arrancar a andar.

Dado que caminaba con lentitud, cuando llegué a la Klosterstrasse ya debía de ser pasada la

medianoche. No sé cómo llegué hasta allí. Era una noche de principios de enero, y los bares y los establecimientos de Unter den Linden debían de estar repletos de gente y muy animados, pero no recuerdo nada en absoluto. Mi cerebro solo podía pensar en una única cosa: no podía perdonarme mi propio comportamiento.

En la buhardilla del cuarto piso, parecía que Elise todavía no dormía. En el vacío de la oscuridad, se veía brillar claramente un punto de luz, pero, como los copos de nieve caían sin parar como si fueran garzas blancas, el punto de luz desaparecía y aparecía, dejado al arbitrio del viento. Al entrar por la puerta fui consciente de mi cansancio y, para resistir el intenso dolor articular que me invadía todo el cuerpo, subí las escaleras a gatas. Crucé la cocina y al abrir la puerta de la habitación me encontré a Elise reclinada sobre la mesa cosiendo un pañal, y volvió la cabeza.

—¡Anda! —exclamó—. ¿Qué te ha pasado? ¡Menuda facha llevas!

Era comprensible que se sorprendiera, porque tenía el rostro pálido como el de un muerto, había perdido el sombrero a saber dónde, llevaba el cabello totalmente despeinado y, como me había caído unas cuantas veces al suelo, tenía la ropa sucia de nieve embarrada y con un sinfín de agujeros.

Yo no conseguía articular palabra en respuesta, me costaba tenerme en pie porque las rodillas me temblaban con fuerza y la última cosa que recuerdo es que caí al suelo mientras trataba de llegar hasta una silla.

Recuperé la conciencia unas semanas más tarde. Como tenía una fiebre intensa y deliraba, Elise me cuidó con devoción y, cierto día, Aizawa fue a visitarme para informarse sobre mi situación en todos los sentidos, a pesar de que parece que tuvo el detalle de limitarse a explicarle al ministro solo las cuestiones de mi estado de salud.

Fue entonces, mientras Elise me velaba al lado de la cama, cuando me di cuenta por primera vez de cuán demacrada estaba. A lo largo de las últimas semanas había adelgazado en extremo y tenía los ojos inyectados en sangre, hundidos en unas mejillas grisáceas y caídas. Gracias al apoyo de Aizawa, Elise había podido subsistir en el día a día sin problemas, pero aquel benefactor fue el mismo que le arrebató el alma.

Según supe un tiempo después, cuando ella y Aizawa se encontraron, él le explicó la promesa que yo había hecho, y que la noche de mi pérdida de conciencia yo había aceptado la propuesta del ministro. Al parecer, ella se levantó de la silla de súbito y, con el rostro lívido, se puso a gritar: «¡Toyotarō! ¿Cómo has podido traicionarme de este modo?» Y a continuación se desmayó. Aizawa llamó a la madre de Elise y, entre los dos, la alzaron para meterla en la cama, pero, cuando abrió los ojos al cabo de un rato, tenía la mirada ausente y no reconocía a la gente que tenía a su alrededor. Gritaba mi nombre maldiciéndome, se tiraba de los pelos, mordía el edredón y, de repente, se puso a buscar algo. Su madre le fue dando cosas y ella cogía todo lo que le daba, pero, acto seguido, lo tiraba al suelo, hasta que en un momento dado su madre le dio los pañales que había sobre la mesa y, tras asirlos, se los llevó al rostro e irrumpió en llanto.

Desde ese episodio Elise no volvió a comportarse con tanta furia, pero mentalmente nunca volvió a estar entera, y se quedó desorientada como si tuviera el cerebro de un recién nacido. El médico le diagnosticó paranoia causada por un choque emocional fuerte y sentenció que no había esperanza de recuperación. Quisieron llevarla a un asilo en Dalldorf, pero lloraba a gritos y se negaba a hacer lo que le decían; desde entonces, a menudo cogía un pañal para mirarlo y, al verlo, irrumpía en llanto. En ningún momento se separó del lado de mi cama; sin embargo, parecía que había perdido el juicio. A veces daba la impresión de que recordaba algo, pero después se limitaba a decir: «la medicina, la medicina».

Yo me recuperé del todo de mi enfermedad. Abracé el cadáver con vida de Elise una infinidad de veces y derramé un sinfín de lágrimas. Cuando se acercó el momento de regresar a Japón con el ministro, después de consultarlo con Aizawa, di una suma de dinero a la madre de Elise, lo suficiente para que pudieran ir saliendo del paso, y otra suma para cuando aquella pobre muchacha desequilibrada diera a luz.

¡Ay! Es difícil tener buenos amigos como Aizawa Kenkichi. Sin embargo, en el fondo de mi corazón, todavía a día de hoy hay una parte de mí que lo maldice.

Enero del año 23 de la era Meiji

La primera edición de

LA BAILARINA,

de Ōgai Mori,

se terminó de imprimir un día fresco

de marzo de 2025